Sadaa-e-Qalb

Sahiba Memon

Ukiyoto Publishing

All global publishing rights are held by

Ukiyoto Publishing

Published in 2024

Content Copyright © Sahiba Memon

ISBN 9789364946087

All rights reserved.

No part of this publication may be reproduced, transmitted, or stored in a retrieval system, in any form by any means, electronic, mechanical, photocopying, recording or otherwise, without the prior permission of the publisher.

The moral rights of the author have been asserted.

This is a work of fiction. Names, characters, businesses, places, events, locales, and incidents are either the products of the author's imagination or used in a fictitious manner. Any resemblance to actual persons, living or dead, or actual events is purely coincidental.

This book is sold subject to the condition that it shall not by way of trade or otherwise, be lent, resold, hired out or otherwise circulated, without the publisher's prior consent, in any form of binding or cover other than that in which it is published.

www.ukiyoto.com

Pesh Lafz

'Sadaa-e-Qalb' sirf mere dil ki awaazein aur jazbaat nahi, yeh balki hum mein se harr ek ke dil ki sadaa hai. Yeh uss zubaan ko alfaazo ki motiyo se shayari ki maala mein purota hai jisey hum sab mehsoos karte hai, zubaan-e-gham, gham ki zubaan.

Baaz cheezein aisi hoti hai jo insaan sehta rehta hai, binaa gham ka izhaar karein, binaa apni taraf hamdardiyaan sametey, khaamoshi ke saath. Aur yeh an-kahe jazbaat, aur an-kahi baatein insaan ko dafa'tan andar se khokla kar ke chhod deti hai.

Yeh kitaab likhne ki niyyat yeh thi ke unn saari an-kahi baato ko samet kar ek jagah jamaa kiya jaaye jo hum keh nahi paate, bataa nahi paate.

Sadaa-e-Qalb iss niyyat se nahi likha gaya ke gham taaza ho, takleef badh jaaye ya puraane zakhm phir se dard dene lagey, balki iss niyyat se likhaa gaya hai ke unn saare an-kahe, andar se khaa jaane waale jazbaato ko alfaazo ka libaas pehnaa kar izhaar kiya jaaye, taake sukoon ki taraf qadam uthaana aasaan ho jaaye.

Was-salaam,
Sahiba Memon

Contents

Husn-e-Khwaabeeda	25
Chaand aur Aap	27
Barq-e-fikr	29
Aankhein	30
Puraane Raaste	31
Pur-Asraar Wajood	32
Aangan-e-Dil	34
Maqaam-e-Aas	36
Gham-e-Be-Izhaar	37
Ghar	39
Daastaan-e-Shayari	41
Haqeeqat	43
About the Author	46

Mustaqil kon tikta hai yaha aajkal
Riwaayat mein hai chhod jaana
—Sahiba

Iss dil-e-naadaan ko samjhaaye kaise jaana
Harr gham ki ibteda-o-inteha mohabbat hai
—Sahiba

Hum nasl hi toote dil aur tadapti rooho waali hai
Hai harr koi niqaab mein yaha khush kon hai?
—Sahiba

Aaj phir tanhaayi mein aansuo se ho kar
Dil ke upar rakha hai aapki yaado ne haath
Aaj phir ek shab shab-e-yaad-o-gham hongi
Aaj phir ek shab barbaad hongi
—Sahiba

Ab jeet bhi jaau toh yeh dil jhoomta nahi hai
Ke maine jo khoya hai woh naayaab bohot tha
—Sahiba

Karne do humein numaayish yeh gham ki sahiba
Ek hi cheez toh apni hai hum kyu na iss par faqr kare?
—Sahiba

Anokhe se ishq karna anokha kaha
 Mamooli se ishq karna anokha hai
—Sahiba

Khaalis toot-ta toh shayad jod lete
Par jaana dil iss baar sirf toota nahi hai
Murda ho gaya hai
—Sahiba

Yeh khaamoshiya kyu gala daboch leti hai
Chillaati hai tadpaati hai phir rooh ko yu noch deti hai
—Sahiba

Andar ke toofaan aksar
Insaan ko bahar se khaamosh kar dete hai
—Sahiba

Meri raato ki neend chheen leti hai sahiba
Khaamoshi tere alfaazo ki
—Sahiba

Woh jo kehte the dil na lagayenge kabhi
Dil haar baithe hai kisi ajnabi par ab
—Sahiba

Bechaini aaj se nahi kayii raato se hai
Woh harr waqt muskuraata tha ab rone jo laga hai
—Sahiba

Mehfile aksar insaan ko tod deti hai
Akelepan mein itna hausla toh nahi
—Sahiba

Woh jo tanha baith kar gum rehta hai
Na jaane kitni jangey akela ladta hi rehta hai
—Sahiba

Nazro se door aur dil se qareeb bhi hote tum
Toh kam tadpaate
Par tum 'Sahiba' nazro ke saamne ho
Aur dil se meelo door
—Sahiba

Dil chaahta bhi unhe hai
Jo naseeb mein nahi hai
Humari nazro ke saamne hai
Aur hamare nahi hai
—Sahiba

Jee rahe hai hum
Lekin jeene ka koi sahara nahi hai
Woh hai hamare saath
Bas humara nahi hai
—Sahiba

Yeh jinhe ab shauq hai marne ka
Kya unhone ishq karke nahi dekha?
—Sahiba

Phir yu tha ke mai sitaaro ki chaadar taley
Uski aankho ki chamak mein madhosh ho baitha
—Sahiba

Tere ishq mein zindagi humari hai kuch yu ghiri hui
Jaise baadalo mein dhhaka suraj ho sahiba
—Sahiba

Aur uski muskaan gulo ko shagufta karde
Chaand bhi jaise usey dekh chamakta ho
—Sahiba

Husn ki tegh se dil par hamla kar
Saltanat-e-qalb chheena hai usne
Hum humare hoke bhi be-bas hai
Woh paraaya hokar bhi hum par ghalib hai
—Sahiba

Hum mareez-e-ishq hai sahiba
Shifa-e-deedaar maangte hai
—Sahiba

Ab kuch dil ko bhaata hi nahi
Ek tera khayal zehen se jaata hi nahi
—Sahiba

Na jaane unke dil kaise sambhalte honge
Jinki baaho mein unke apne guzar jaate honge
—Sahiba

Apne azeezo ko jab iss duniya se uth-ta dekha hai
Humne saath unke apne armaano ke janaazey uth-te dekhe hai
—Sahiba

Jo waha gaya phir laut aaya nahi
Na jaane kya rakha hai aisa aasmaano mein
—Sahiba

Unke jaane ke baad
Nazre jhuki aur aawaaz dhheemi hi reh gayi
Ke mere chashm-o-lehje par
Toote khwaabo ka bojh tha
—Sahiba

Jo chale jaate hai
Waapas laut kar nahi aate
Aate hai badan waapas
Rishte laut kar nahi aate
—Sahiba

Jang thi jab apno se
Hum murawwat mein lad na sakey
Na jaane woh kis rishte ki binaa par
Humari peeth mein khanjar maare chale the
—Sahiba

Yeh dor rishto ki jismein aise phasey hai hum
Ek gaanth suljhaao dusri ulajh jaati hai
—Sahiba

Woh harr jagah dhoondte hai ghar apne
Jinhe rehne ke liye ek makaan toh mila
Basne ke liye ek ghar nahi
—Sahiba

Ghar ke jhagdo mein humne
Apni khushiyo ke janaazey uth-te dekhe hai
—Sahiba

Yeh aankhein hi hai jo aankho se mil kar
Aankho mein hi apni duniya basar kar leti hai
Dil toh be-wajah badnaam hai
Asal qlusoor toh inn gunahgaar aankho ka hai
—Sahiba

Woh toh aap hai yaha
So iss zameen se bhi mohabbat hai humein
Vagarna toh yeh sheher
Humein kuch khaas pasand nahi
—Sahiba

Dil ko fatah kar
Teri chaahat ne jo basera daala hai
Khaalis ek nazar se jaan lena
Naa-insaafi toh hai
—Sahiba

Uss mehtaab-jabeen ke faizaan-e-nazar
Dil par mere iss qadar maghloob aaye hai
Dil dhadakta andar mere hai
Harr rag par hai magar hukoomat yaar ki
—Sahiba

Qudrat ke haseen maujazo mein
Ek maujaza tum bhi ho
—Sahiba

Kar ke dil humara tumhare hawaale
Hum toh rawaana ho gaye
Ummeed mein ke tum toh ishq ho mera
Sambhaal hi longe
—Sahiba

Ek teri yaado mein faqat
Hum duniya bhool jaate hai
—Sahiba

Agar tum mein maine koi aib dekh liya
Woh aib tum mein nahi meri aankho mein honga
—Sahiba

Tum aate ho toh jaise
Zindagi ko apne sabse haseen roop mein sang laate ho
Vagarna toh yeh ghar
Veeraan hi thehra
—Sahiba

Khush-naseeb hai hum jo paida kiye
Uss waqt mein jab ke aap bhi hamare saath hai
—Sahiba

Mere khwaab-o-khayaalaat mein
Tere siwaa aur toh kuch bhi nahi
—Sahiba

Jaha samandar mein jazbaat-e-ishq ke toofaano se lad kar
Hum haarte hi rahe
Aap ishrat-e-saahil ki raahat mein
Ek boond se bhi waaqif na the
—Sahiba

Tum abhi mere hue nahi ho
Phir yeh bichhadne ka khauf kyu hai dil mein?
—Sahiba

Bin aapke hum toh sambhal bhi jaaye
Sambhaalenga iss dil ko kon?
—Sahiba

Humein guzre ab ek zamana hua
Unse mulaaqaat kiye ab ek zamana hua
—Sahiba

Khwaahishein adhoori reh gayi
Hasratein saari paamal hui
Na dil ko tere qaabil bana paaye
Na yeh daastaan-e-mohabbat mukammal hui
—Sahiba

Tere baad meri harr ek saans
Jaise dil ki aag ko mazeed dehkaane ko ek shola tha
—Sahiba

Gham bhi gulposh milaa mujhe
Tu milaa aur na milaa mujhe
—Sahiba

Yeh dil
Dil nahi
Veeraaniyat aur wehshat ka markaz hai
—Sahiba

Tu tha mere saath uss lamhe mein
Uss lamhe mein mai akela hi reh gaya
—Sahiba

Tumhara saamne rehna hi iss dil ko kaafi hai
Kisne kaha hai ke tum mere bhi raho
—Sahiba

Woh door baitha ajnabi sa apna shakhs
Bin alfaaz dil jalaa gaya
—Sahiba

Tark-e-ta'alluq ke hai tareeqe bohot
Par sahiba aap humein yu toh na giraaye
Ke hum khudko tak naa-gawaar guzre
—Sahiba

Ab ke tum aao toh meri gum khushiyo ki bahaar lete aana
Theherna beshak na tum
Magar mere jo khwaab chheen le gayi ho
Woh tum sahiba lete aana
—Sahiba

Bazm-e-yaara mein akelepan se marte rahe
Hum logo ke hujoom mein unki yaado mein marte rahe
—Sahiba

Muskuraata hi raha mai mehfil mein
Kitna gham-geen tha mai andar se
—Sahiba

Nazaara bahar ko ho laakh haseen
Woh parinda phir bhi uss qafas mein qaid hai
Goonjti qehqahein aur bazm-e-yaara mein
Hum andar ki khaamoshiyo mein qaid hai
—Sahiba

Hum unhe bhulaane ke bahaane dhoondte reh gaye
Woh harr bahaane se humein phir yaad aate reh gaye
—Sahiba

Aur hum badla le bhi toh kisse?
Hum sa zaalim hamare saath aur koi na tha
—Sahiba

Waqt kabhi thhama hi nahi
Pehle bhi wahi udaasi thi jo aaj hai
—Sahiba

Huqooq-e-gham
Bakhoobi adaa kiya hai maine
Jab bhi muskuraaya hai
Muskuraane ka qarz fauri adaa kiya hai maine
—Sahiba

Haalat-e-rooh na puche
Na puche haal-e-dil koi
Jo tha hum mein humara sab lutaa diya
Na puche humse anjaam-e-ishq koi
—Sahiba

Baa'z-auqaat harr uss shay ke baawajood
Jiska jawaab nafii mein ho
Dil ke kinaaro mein
Ummeed ke phool khilne lagte hai
—Sahiba

Jin charagho ki roshni par woh guroor karte the
Maine dekha hai sahiba
Unke gharo ko aag lagte
Ghar ke charagh se
—Sahiba

Haal-e-pareshaan karke duniya ke khaatir

Ya aarzu-e-faraamosh ki sifaarish ke liye

Aate hai sab yaha apne kaam banwaane

Ishq-e-ilaahi-o-shauq-e-ibaadat mein bhala kon aata hai?

—Sahiba

Kitaabo ki gar tauheen karoge
Ilm kaha se aayega?
Masjidey gar veeraan rakhoge
Sukoon kaha se aayega?
—Sahiba

Ho hausle buland
Toh taweel raaste kat jaate hai
Jab hausla toote
Toh samjhein
Manzil qareeb hai
—Sahiba

Khel-e-zindagaani ko bade qareeb se dekha hai maine
Kuch ko zindagi se haarte
Zindagi ko kuch se haarte dekha hai maine
—Sahiba

Insaan aur kya
Kahani hi toh hai
—Sahiba

Zaroori nahi ke harr koi mujhse mile toh ishq karne lage
Kuch ki kahaniyo ka bura kirdaar bhi reh chuka hu mai
—Sahiba

Woh jab mere alfaazo se zakhmi na hua
Maine usey meri khaamoshi se maar daala
—Sahiba

Jo ho kar bhi saath na ho
Aise apno se jii panaah maangta hai
—Sahiba

Woh parinda vafadaar hi kya
Jo harr dusre ke saath parwaaz kar jaaye
—Sahiba

Zindagi nikal gayi meri inn do alfaaz mein
Ek agar mein
Ek magar mein
—Sahiba

Gum gaya hu mai yeh bheed mein duniya ki
Ghiraa hu unn sab se jo sab se naayaab bante the
—Sahiba

Zaroori toh nahi ke rishto ke khaatir
Hum khud ko kho de
Kabhi kabhi kisi ka saath dene ke bajaaye
Khud ke khaatir mukarne mein bhi behtari hoti hai
—Sahiba

Alfaazo ka intezaar unhe rehta hai
Jo nazro ki zubaan ke jaahil ho
—Sahiba

Cheekh jab galey se nikle
Toh kaan behre pad jaate hai
Aur deewaana qaraar diya jaata hai
Wahi jab dil cheekhein
Toh aankhein veeraan pad jaati hai
Aur murda qaraar diya jaata hai
—Sahiba

Deedaar se tere dil aisa laga,
Ab tu hi na nazar mein, toh kya dekhu?

Yaad mein madhosh hu teri
Tu na ab khwaab mein milti,
Khwaab ab sahiba mai kya dekhu?

Chhod diya karna woh raaste se safar sahiba,
Guzru ab waha se tu na dikhe, toh kyu guzru?

Ta'areef mein teri alfaaz nahi hai,
Baare gar tere na bolu, toh kya bolu?

Zehen na lagta kahi aur siwaaye tere,
Baare gar tere na sochu, toh kya sochu?

Thi tu hi aasmaan mera,
Tu hi chaand mera,
Takta na rahu aasmaan ko, toh kya dekhu?

Sukoon ki talaash mein bhatke dar-badar,
Sukoon teri chaukhat pe, toh kyu na ruku?

Mohabbat ki hai toh nibhaayenge zaroor,
Pas saath teri yaad ke, phir kyu na rahu?

—Sahiba

Husn-e-Khwaabeeda

Woh shamsheer si nigaah
Woh haseen hai phoolo.n se
Mausam-e-bahaar uske lams se larazta hai
Woh jo dekhe kisi darakht ko toh woh raqs karein
Jis ka yaar ho saara jahaan
Woh bhhala kyu mujh se baat karein?

Woh jiske husn se aaftaab, chaand, baadal-o-sitaare hasad karein
Woh jo bolein toh parindey jhoom uthe
Guzre toh gul khil uthe
Woh jiski khushboo se saara aalam mehke
Woh jisey apnaaaye; so taqdeer muskuraaye
Jo aasmaano ka husn sametey hai
Woh humein na dekhe toh kya gilaa karein?

Woh jiske gird din titliyo ka hujoom ho
Raat uske liye jugnu roshan raasta karein
Jiske sheher mein maujoodgi se sheher shaad rahein
Jo jaaye toh harr rang sang le jaaye
Woh jo libaas pehnein toh libaas faqr karein

Aankhein uthaaye toh qayaamat dhhaayein
Jiski khoobsoorti se shams jale
Woh humein na milein toh kya gila karein?

Jo khud chaand ho
Apne hazaar chaahne waalo ke saath
Woh humein na ho mayassar toh kya gila karein?

Woh jiski ta'areef sunn dariya, kohsaar, jharne-o-pahaad usey dekhne ki tamanna karein
Jiski muskaan harr gham harr takleef ka ilaaj ho
Jiski aankhein harr dard ka darmaan ho
Jisey likhe toh qalam ko khudke iijaad hone par naaz byho
Jiski baatein parindey, charindey, aab-e-rawaan aur hawaaein sunein
Woh humse kalaam na karein toh kya gilaa karein?

–Sahiba

Chaand aur Aap

Agar koi shaam

Yeh chaand aapko aapke naam se pukaare

Toh aap hairaan na hona

Ke humne harr raat usey qisse aap hi ke sunaaye hai

Kaise khuda ne aasmaan ko shayad aapki rooh mein utaar diya tha taake aapki khubsoorti ko mukammal kar sakey

Aur jaise aap thi ek gulaab

Aur hum ek maali

Jisne aapke ishq ke khaatir hazaaro kaato ko muskuraa kar seh liya,

Kaise aapki aankho mein jaise saare sitaaro ki chamak bhar di thi khuda ne

Aur kaise hum laakh aankho se ho guzre

Khoya sirf aap ki aankho mein

Kaise iss qalam ne likha sirf aap hi par hai

Aur kaise humne dekha aapko

Auro se pyaar se baatein karte

Humein ek lafz se bhi gumraah rakh kar

Kaise humein ehsaas hua

Hum aapke liye the koi khaas nahi

Ke aap sabse itni hi narm-dili se kalaam karti hai

Kaise humne dekha aap ko naye yaar banaate
Humein raaste mein peeche chhod kar
Kaise humare dil mein veeraaniyat ka aagaz kiya aap ne
Kaise humein dheere-dheere maar daala aap ne
Kaise rulaaya humein ghanto.n tak aap ne
Kaise be-bas kar chhoda humein aap ne
Kaise iss bad-bakht ko shayar banaya aap ne
Yeh qisse hum ne chaand ko harr raat sunaaye hai
Toh aap hairaan na hona
Agar woh koi shaam aapko aapke naam se pukaare
—Sahiba

Barq-e-fikr

Uske andaaz-e-kalaam-o-zindagi ko jab se apnaaya hai,
hum khud-shanaasi-o-pehchaan kya jaane?

Ishq-e-gul mein hazaar kaa.nto ko sahaa hai
Phool todne waalo ka andaaz baaghbaan kya jaane?

Hairat hai usey meri 'adaavat-e-zindagi par
Jeene ka gham qabristaan kya jaane?

Ek bistar ne apnaaya hai mujhe mere andhero sang
Takiye ki takleef makaan-e-anjaan kya jaane?

Jisey ho 'Sahiba' mayassar ishrat-e-saahil
Woh iztiraar-e-qafas-e-toofaan kya jaane?
—Sahiba

Aankhein

Shab-e-siyaah mein sitaaro ki hum-safar aankhein
Mannato par toot girne ki muntazir aankhein

Aasmaan-e-zehen par bhatakti aawaara aankhein
Woh bheed se bhaagti chaand ki hum-raah aankhein

Samandar se gehri, shams se sunehri aankhein
Aasmaan ka husn sametey dil par qayaaamat aankhein

Ashko ki motiyo se puroti maala aankhein
Azal se aapke intezaar mein khwaar aankhein

Gham-e-zindagaani mein ummeedein jhalakti aankhein
Harr dard ki dawa-o-harr marz ki shifaa aankhein

Be-hayaa zamaane mein umeedein jhalakti aankhein
Jahaan se haseen 'Sahiba' aapki ankhein
—Sahiba

Puraane Raaste

Laakh tum maafi talab karo
Jo mud-kar jaaye waapas nahi aate

Murdey jism ke ho ya rooh ke
Murdey zinda ho laut waapas nahi aate

Jo ro kar gaye ho shayad laut aajaye
Jo muskuraa kar jaaye waapas nahi aate

Haadse tarz-e-amal badal dete hai
Puraane log waapas nahi aate

Hai hum sahiba musaafir safar-e-zindagaani ke
Hum puraane raasto par chalein waapas nahi aate
–Sahiba

Pur-Asraar Wajood

Humesha ke saath ke apne khatm par hu mai
Andheri waadiyo ke veeraan raasto par hu mai

Jaha andheri leher par andheri leher aati hai
Waha gham ke baadalo taley ek leher par hu mai

Aasmaan ki surkh anngaar taley
Jahannum mein hu mai
Jalaa jaaye jo sholaa tumhe
Woh sholey ki tapish mein hu mai

Pahaado ki choti par ho ya khaayi ke muh par
Darr ho jab girne ka
Woh oonchaayi se girna hu mai

Jaha noor par noor hai, faanoos ke chiraag qareeb
Andheri surangh ke doosre sirey par chamakta noor hu mai
Goyaa koi pahaadi se girta soney ka chashm hu mai

Dil ko maar kar
Kayii thokarey khaa kar
Shaheen ki tarah oonchi parwaaz ki khwaahish mein
Jo na-samjhaa hukm
Upar se gir kar
Zakhm khaa kar
Jab samajh mein aata hai
Woh der se samjha hukm hu mai

Zindagi ke liye mazeed ladne
Aur maut ke haatho shikast khaane ke beech
Jo ummeed uss khalaa ko pur karti hai
Woh aakhri ummeed hu mai

Be-khabar insaan ke saath hu mai
Woh dhoonde mujhe toh laa-pata hu mai
Sukoon ki talaash mein andhaa hai musafir
Uske saath hi chalta sukoon hu mai
—Sahiba

Aangan-e-Dil

Behra kar deta hai
Kaano ka chillaana dil ka

Woh jisey dekhe, qismat khil uthe
Samajh mein aata hai yu itraana dil ka

Hum hai ke ummeedo ko thhaame hue
Ajab hai mohabbat ka zamaana dil hai

Dariya, kohsaar, chaand, sitaare utrey hai uss mein
Woh jo hai ek-lauta thikaana dil ka

Aankho par parde daalein hai
Unn ke 'aib nahi dekhne ka hai bahaana dil ka

Jo ho khud taraana-e-ishq
Unhe kahaa jachta hai (lafzo se) rulaana dil ka

Maazi ka gham aur kal ke liye shoreeda
Yahi hai ab afsaana dil ka

Zehen jab yaado ki maala harr waqt pehne ho
Jaaiz hai yu ghabraana dil ka
—Sahiba

Maqaam-e-Aas

Ek shakhs raha karta tha humari aadat mein,
Ho jaati hai galtiyaan aashiqo.n se ulfat mein.

Mehfil-e-yaara mein muskuraatein chehre,
Sab gum the apne-apne gham-e-khalwat mein.

Paththar bhi toot kar bahaata hai chashme,
Koi khoob mazbooti hai iss dil-e-nazaakat mein.

Ek jhhalak dikhe husn-e-khwaabeeda ki,
Khud ko fanaa kiya hai humne iss hasrat mein.

Ab ke woh aayenge toh humein na paayenge,
Hum milenge unhe sirf humari turbat mein.

Mujhe khauf aata hai unki taaliyon se 'Sahiba',
Mai khatm na ho jaau kahi gul-e-shohrat mein.
—Sahiba

Gham-e-Be-Izhaar

Maine dil ki cheekhein suni hai,
Aankho ka chillaana suna hai.

Zubaan ko be-zubaan dekha,
Maine khaamoshi mein shor suna hai.

Labo ko silaa hua paaya,
Maine aansuo ka gham suna hai.

Sabko bhatakte dekha,
Maine raaho ko tadapta suna hai.

Qabaro tak mein sukoon nahi,
Maine rooho ko jalta suna hai.

Harr waqt muskuraata tha woh,
Maine muskuraahat ka dard suna hai.

Kya kaha insaaniyat zinda hai?
Maine toh insaaniyat ko maraa suna hai.

Jiske harr waqt muskuraane ke hunar ki taareef suni,
Maine uski sahiba zindagi ka safar suna hai.
—Sahiba

Ghar

Kya ghar sirf wahi jagah hai jaha khud ke naam par zameen ho

ya woh chaar diwaaro ka makaan jaha hum rehte hai?

Ghar toh woh hai jaha aapko apne raaz chhupaana na pade,

Woh ghar hi kya jaha cheezein chhupaayi jaa rahi ho!

Jaha aap khud ko aur khud ki shakhsiyat ko khul kar bataa paaye,

Waha jaha aap aaraamdah ho apni baatein bataane ke liye.

Ghar woh hai jaha aap duniya ki aafato se bach kar raahat ki saans lene jaaye,

Woh jagah jaha aapko ahsaas-e-qarabat ho,

Waha jaha aapka sukoon aur aapka aaraam ho,

Jaha aapko cheezo ki fikr khaa nahi rahi ho,

Woh ghar nahi hai jaha ke masle aapko jeene na de,

Balki jaha zindagi apne sabse khoobsurat andaaz mein basii ho,

Woh ghar hai.

Ab chaahe woh ghar ek makaan ho,
Kayii log ho,
Ek insaan ho,
Ya ek dil ho.
—Sahiba

Daastaan-e-Shayari

Shuru'aat mein khoobsoorat
Baad mein be-had tadpaa jaati hai
Daastaan-e-ishq nahi jaana
Yeh daastaan-e-shayari hai

Padhne waalo ko sukoon dein
Likhne waalo ko zinda jalaa jaati hai
Daastaan-e-ishq nahi jaana
Yeh daastaan-e-shayari hai

Dil toota na honga par
Yeh usey bikhraa kar jaati hai
Shuru'aat mein tum par jaan lutaayengi
Aakhir mein tumhari jaan le jaati hai
Daastaan-e-ishq nahi jaana
Yeh daastaan-e-shayari hai

Khushiyo ka bahaana de
Tumhe zindaan-e-gham ke hawale karengi
Logo ke beech mein tumhe
Akelepan se maar jaati hai
Lagti hai badi haseen auro ko
Tumhari rooh ko tak lekin noch jaati hai
Daastaan-e-ishq nahi jaana
Yeh daastaan-e-shayari hai

Isey in'aam nahi
Wabaal maano
Yeh maasoom-o-gham-zada rooho ka qatl kar jaati hai
Harr ek lafz mein be-hisaab khoon bahaa jaati hai
Zinda chhod deti hai ahl-e-sukhan ko
Aur zindagi chheen jaati hai
Daastaan-e-ishq nahi sahiba
Yeh daastaan-e-shayari hai
—Sahiba

Haqeeqat

Laut aati hai har kii hui baat shaam ke baad,
Band ho jaata hai har baab-e-najaat shaam ke baad.
Yun hi nahi qalam kaanp uthti hai,
Tumne dekhe kaha hai abhi mere haalaat shaam ke baad.
Zindagi ka marna, insaan ka haiwaan ho jaana,
Badal jaata hai chehra-e-hayaat shaam ke baad.

Hijr ke dasht-o-aatish-e-ulfat se azeem takleef yeh hai
Ke karni padti hai humein khud se mulaaqaat shaam ke baad.
—Sahiba

Woh jab chaahe apna nazariya badal de
Aur kehte hai khoobsurti nigaaho mein basti hai
—Sahiba

....

About the Author

Sahiba Memon

Sahiba Memon is a poetess, writer, and student. Being a poetry aficionado and an ardent reader, she began writing them at the young age of eleven. Always curious and eager to learn about life, relationships and human psychology, at the age of fourteen, she embarks on a journey of exploring more about what interests her through poetry and art. Sadaa-e-Qalb is her debut poetry collection, where she has penned down the pain and agony of the heart.

Instagram: _sahibamemon
G-Mail: sahibamemon82@gmail.com

www.ingramcontent.com/pod-product-compliance
Lightning Source LLC
LaVergne TN
LVHW041226080526
838199LV00083B/3425